La jefa del mundo

por Fran Manushkin
ilustrado por Tammie Lyon

PICTURE WINDOW BOOKS
a capstone imptint

Katie Woo is published by Picture Window Books

A Capstone Imprint

1710 Roe Crest Drive

North Mankato, Minnesota 56003

www.capstonepub.com

Text © 2013 Fran Manushkin

Illustrations © 2013 Picture Window Books

Library of Congress Cataloging-in-Publication Data

Manushkin, Fran.

  [Boss of the world. Spanish]

  La jefa del mundo / por Fran Manushkin ; ilustrado por Tammie Lyon.

  p. cm. -- (Katie Woo)

  Summary: Cuando Katie Woo y sus amigos van a la playa, Katie es tan grosera y mandona que sus amigos no quieren jugar con ella.

  ISBN 978-1-4048-7523-4 (library binding) -- ISBN 978-1-4048-7679-8 (pbk.)

  1. Woo, Katie (Fictitious character)--Juvenile fiction. 2. Bossiness--Juvenile fiction. 3. Beaches--Juvenile fiction. 4. Chinese Americans--Juvenile fiction. 5. Etiquette--Juvenile fiction. [1. Bossiness--Fiction. 2. Beaches--Fiction. 3. Chinese Americans--Fiction. 4. Behavior--Fiction. 5. Spanish language materials.] I. Lyon, Tammie, ill. II. Title.

PZ73.M2333 2012

  [E]--dc23

2011048109

Graphic Designer: Emily Harris

Photo Credits

Fran Manushkin, pg. 26

Tammie Lyon, pg. 26

Printed in the United States of America

in Stevens Point, Wisconsin.

032013   007284R

 # Tabla de contenidos

Capítulo 1
Katie es mandona

Katie Woo y sus amigos fueron a la playa.

"¡Vamos a hacer todo juntos!" dijo Katie. "¡Nos vamos a divertir muchísimo!"

"¡Vamos a hacer el castillo de arena más grande del mundo!" gritó Pedro.

"Ustedes dos tráiganme agua. Yo haré el castillo", dijo Katie.

"¡Eso no es divertido!" dijo JoJo.

"Yo creo que lo es", contestó Katie.

Cuando el castillo estaba
terminado, no era muy grande
y continuaba cayéndose.

"¡Qué castillo horrible!"
gimió Katie.

A la hora del almuerzo, Katie gritó, "¡Tengo tanta hambre que me podría comer un elefante!"

"¡Yo también!" dijeron JoJo y Pedro.

Ellos compartieron papas fritas, pero Katie se comió la mayoría.

JoJo y Pedro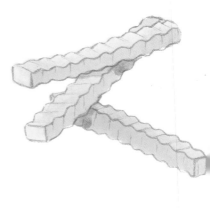
comieron solo tres
papas fritas cada
uno.

"Todavía tengo hambre",
dijo Pedro.

Katie
sonrió.
"¡Yo no!"
dijo ella.

Capítulo 2

Columpios y caracoles de mar

Después del almuerzo,

Katie dijo, "Vamos a

acostarnos en la manta.

Podemos mirar las nubes y

cometas que pasan volando".

"¡Katie, muévete!" dijo Pedro.

"¡Estás ocupando toda la manta!"

"Es mi manta", dijo Katie.

Ella no se movió ni una pulgada.

Pedro y JoJo tuvieron que

acostarse en la arena que les

daba picazón.

"Vayamos al patio de juegos", dijo Pedro. "Hay columpios grandes allí".

Los tres amigos hicieron carrera. Katie llegó primera y tomó el único columpio vacío.

JoJo y Pedro la miraron

columpiarse por un rato.

Luego se fueron.

"¿Qué les pasa?" se

preguntó Katie.

Ella corrió detrás

de sus amigos y

dijo, "¡Vamos a

buscar caracoles de mar!"

Los tres amigos se sacaron sus

zapatos. Caminaron descalzos a

lo largo de la orilla. Las olas les

cosquilleaban los pies.

"¡Veo un caracol de mar gigante!" gritó Pedro.

Comenzó a correr. Pero se tropezó con un pedazo de madera flotante y se cayó.

Katie tomó el caracol de mar.

"¡Eh, eso no es justo!" dijo

JoJo. "Pedro vio el caracol

gigante primero".

"¡El que primero llega, todo

se lo queda!" insistió Katie.

JoJo y Pedro hicieron

muecas y se fueron.

Capítulo 3
Basta de egoísmo

Katie tomó su pelota
playera y comenzó a tirarla
al aire, pero no era muy
divertido.

Justo en ese momento,
JoJo y Pedro y el papá de
JoJo comenzaron a nadar y
chapotear en las olas.

Katie corrió hacia ellos,
gritando, "¡Yo también quiero
nadar!"

"¡No!" gritó JoJo. "¡No
puedes! ¡El mar nos pertenece
a nosotros!"

"Eso es una tontería", dijo
Katie. Ella se rio. "El mar
no les puede pertenecer a
ustedes".

"Y todas las papas fritas no te pertenecen a ti", dijo Pedro. "Tampoco todos los caracoles de mar", agregó JoJo.

"Ni la manta ni los columpios", dijo Pedro.

"¡Oh, oh!" dijo Katie Woo.

"Me parece que he sido muy

egoísta".

"¡Sin ninguna duda!"

dijeron Pedro y JoJo.

"¡Lo siento!" dijo Katie.

"No voy a ser más egoísta.

¿Está bien si comparto el

mar con ustedes?"

"¡Sí!" dijeron sus amigos.

¡Y había muchas olas

para todos!

Acerca de la autora

Fran Manushkin es la autora de muchos cuentos populares, incluyendo *How Mama Brought the Spring*; *Baby, Come Out!*; *Latkes and Applesauce: A Hanukkah Story*; y *The Tushy Book*. Katie Woo es real -ella es la sobrina nieta de Fran- pero nunca entra ni en la mitad del lío de la Katie Woo de los libros. Fran escribe en su adorada computadora Mac en la Ciudad de Nueva York, sin la ayuda de sus dos gatos traviesos, Cookie y Goldy.

Acerca de la ilustradora

Tammie Lyon comenzó su amor por el dibujo a una edad temprana mientras pasaba tiempo en la mesa de la cocina junto a su padre. Su amor por el arte continuó y eventualmente asistió al Columbus College of Art and Design, donde obtuvo su título de licenciatura en arte. Después de una carrera profesional breve como bailarina de ballet profesional, decidió dedicarse completamente a la ilustración. Hoy, vive con su esposo Lee en Cincinnati, Ohio. Sus perros, Gus y Dudley, le hacen compañía en su estudio mientras trabaja.

Glosario

el castillo — un edificio grande, generalmente rodeado de una pared o un foso

egoísta — alguien que es egoísta pone sus sentimientos primero y no piensa en los demás

insistir — exigir vigorosamente

la picazón — algo que hace que quieras rascarte la piel

tener hambre — querer comer

vacío — nada adentro

Preguntas para discutir

1. ¿Alguna vez te ha mandado un mandón o mandona? ¿Cómo te hizo sentir?

2. El día de Katie, JoJo y Pedro casi se arruinó porque se pelearon. ¿Alguna vez te peleaste con un amigo? ¿Cómo se amigaron?

3. Todos desean ser el jefe algunas veces. ¿De quién o de qué te gustaría ser el jefe?

Sugerencias para composición

1. Haz una lista de todas las maneras en que Katie fue egoísta.

2. Haz una lista de palabras que describan a un buen jefe.

3. El jefe de tu escuela es el director o la directora. Haz un dibujo de tu director o directora. Escribe una oración que describa qué tipo de jefe es él o ella.

Divirtiéndonos con Katie Woo

En *La jefa del mundo*, Katie Woo y sus amigos pasan el día en la playa. Este es un juego divertido que puedes jugar la próxima vez que vayas a la playa.

Encuéntralo en la playa

Este juego te pide que encuentres cosas que puedan verse en la playa. Es como una búsqueda del tesoro, pero no necesitas recolectar las cosas. Solo tacha las cosas de tu lista.

Tú necesitas (para cada jugador):

- un lápiz
- un pedazo de papel

Cómo jugar:

1. Juntos, los jugadores hacen una lista de diez o más cosas para buscar. Para un mayor desafío, incluye cuanto más detalles puedas. Estos son algunos ejemplos:

   - un traje de baño rayado
   - un velero
   - una toalla con un súper héroe
   - una pelota playera con tres o más colores

2. Cuando acabes tu lista, comienza a buscar. Los jugadores deben tachar las cosas cuando las vean. Ellos deben tomar nota dónde las vieron. ¡El primero que encuentra todas las cosas gana!